Le Noël de
Tidou

Geneviève Lecourtier
Bruno Saint-Aubin

Les 400 coups

Nous remercions le Conseil des Arts du Canada de l'aide accordée à notre programme
de publication et la SODEC pour son appui financier en vertu du Programme d'aide
aux entreprises du livre et de l'édition spécialisée.

Nous reconnaissons l'aide financière du gouvernement du Canada par l'entremise
du Programme d'aide au développement de l'industrie de l'édition (PADIÉ) pour
nos activités d'édition.

Gouvernement du Québec – Programme de crédit d'impôt
pour l'édition de livres – Gestion SODEC

Le Noël de Tidou a été publié sous la direction de Christine Féret-Fleury et France Leduc.

Design graphique : Tatou Communication Visuelle
Révision : Gilles McMillan
Correction : Louise Chabalier

Diffusion au Canada
Diffusion Dimedia inc.

Diffusion en Europe
Le Seuil

© 2009 Geneviève Lecourtier, Bruno Saint-Aubin
et les Éditions Les 400 coups
Montréal (Québec) Canada

Dépôt légal – 4e trimestre 2009
Bibliothèque et Archives nationales du Québec
Bibliothèque et Archives Canada

ISBN 978-2-84596-430-9

Loi 49-956 du 16 juillet 1949 sur les publications destinées à la jeunesse.

Imprimé au Canada sur les presses de Transcontinental.

Catalogage avant publication de Bibliothèque et Archives nationales du Québec
et Bibliothèque et Archives Canada

Lecourtier, Geneviève, 1954-
Le Noël de Tidou

Pour enfants.
ISBN 978-2-89540-430-9

I. St-Aubin, Bruno. II. Titre.
PZ26.3.L42No 2009   j843'.92   C2009-941949-1

Le Noël de
Tidou

**Pour Ayrton,
un autre passionné
du monde animal !**
G. Lecourtier

Les 400 coups

Il fait de plus en plus froid !

Ploc, mon meilleur ami, ne veut plus sortir de son box.
Le pauvre ! Ses poils ne sont pas longs
et soyeux comme les miens…

Quand Chloé m'appelle « Tidou, ma petite peluche adorée »,
je ne peux rien lui refuser !
Alors je la laisse monter sur mon dos…
même si elle me tire parfois les oreilles !

Carole, la monitrice du poney-club,
décore le grand sapin qui trône au milieu
de la cour. Sur ses branches,
elle pose des guirlandes de toutes les couleurs.
Elle y accroche aussi de jolies boules dorées.
Je me demande ce qui se prépare…
Des étoiles brillent dans les yeux
de tous les poneys !

Aujourd'hui, Chloé est arrivée la première.
Elle me démêle la crinière et la queue.
Ça dure des heures !
– Tu seras le plus beau, me dit-elle. Pourvu qu'il neige !
Elle me fait de longues tresses bien serrées.
– Quand j'enlèverai les rubans, tes crins seront ondulés…

Mais **pourvu qu'il neige !**

Neige ? Qu'est-ce que c'est ?

J'ai demandé à Ploc. Il est bien plus vieux que moi et il sait tout !

Mais mon ami se contente de rire :

– Tu n'as jamais vu la neige ? C'est vrai, tu es trop petit !

Alors chut… je ne te dis rien, ce sera une surprise !

Le ciel est gris et bas :
il n'y a pas un souffle de vent.
Et, tout à coup, il se met à pleuvoir
une sorte de coton très blanc et très froid !
Je me précipite sous l'abri. Mais les autres
poneys restent dehors : ils regardent le ciel
et secouent la tête.

– Tidou, **me crie Ploc,** viens t'amuser avec nous !

Tout est devenu blanc, le sol, les arbres, les fils des clôtures,
les voitures et les maisons.

– Viens, c'est de la neige, n'aie pas peur !

– Tu ne vas pas te faire assommer par un flocon ! me lance Mimosa,

– Regardez-le ! Il est drôle, il ne sait pas où poser ses sabots !

– Il neige !
Les cavaliers courent et lancent des boules blanches qui éclatent en tombant.
Même Carole joue avec les enfants ! Les rires fusent.
Je décide de tenter l'aventure.

C'est froid ! Mais je prends mon courage à deux mains, je m'élance au galop !
Je me sens léger… léger… Je traverse un rideau d'énormes flocons
qui ne pèsent pas plus lourd qu'une plume !
En trois foulées, je rejoins Ploc.

– La neige, c'est vraiment super !
Avec les copains, nous faisons des cabrioles jusqu'à la nuit.

Tiens, les enfants sont encore là aujourd'hui !
– Ils sont en vacances, m'explique Ploc. Pendant le stage,
ils montent trois heures par jour.
Il soupire.
– Pour nous, c'est épuisant !
– Voilà nos cavaliers ! Chloé, Chloé ! Je suis là !
Mais elle part avec un autre poney.

Enfin, la leçon est terminée et Chloé me passe
un licol pour m'attacher près de la sellerie.
– Tidou, je vais poser un bât sur ton dos. N'aie pas peur !
Ce n'est pas plus lourd qu'une selle.
C'est bien une sorte de selle, avec des sangles partout :
deux sous le ventre, une devant et une derrière.
Je ne risque pas de la perdre !
– Ne bouge pas, ma petite peluche adorée !
Maintenant je vais fixer un panier de chaque côté.
Voilà, c'est parfait !
Elle me fait marcher ainsi fagoté dans la neige.

Je suis ridicule !

Le lendemain, tous les poneys sortent
de l'enclos, sauf moi. Je les vois, de loin,
faire des figures dans la carrière. Parfois ils sont
bien alignés, parfois ils se groupent par deux
ou par quatre, de front.

Et moi, je reste tout seul !
Je crois que je n'aime pas les stages...

– **Tu es trop jeune pour participer au carrousel,**
me dit Ploc en rentrant. Il faut être bien dressé ! C'est bientôt Noël
et nous préparons un spectacle : il y aura les parents des cavaliers,
un vrai public prêt à nous applaudir !

– Mais je m'ennuie, moi, tout seul...
J'en ai assez d'être trop petit !

– Au moins, tu te reposes ! Profites-en, ça ne durera pas toujours !

Ploc m'agace quand il joue au vieux sage !

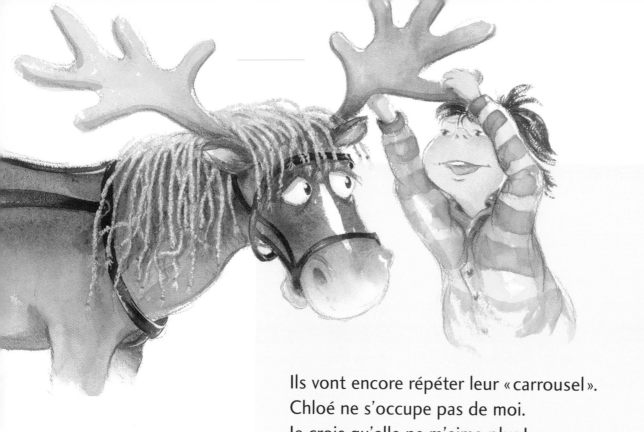

Ils vont encore répéter leur « carrousel ».
Chloé ne s'occupe pas de moi.
Je crois qu'elle ne m'aime plus !
Même si, en fin de journée, elle m'attache à côté de
la sellerie, me pose le bât et aussi des cornes sur la tête.
Je boude et ne réponds pas à ses caresses.

Un jour, moi aussi je serai grand…
et tout le monde m'applaudira !

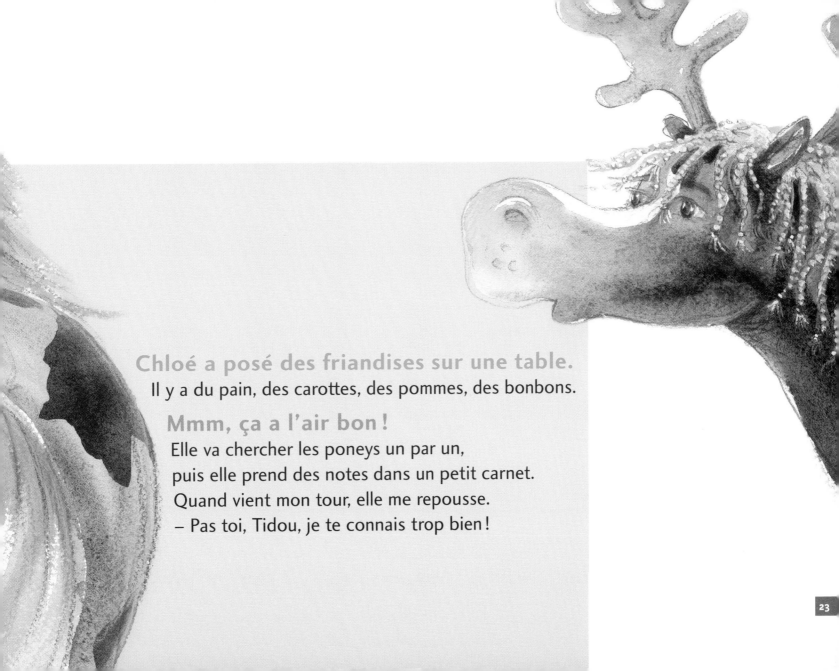

Chloé a posé des friandises sur une table.
Il y a du pain, des carottes, des pommes, des bonbons.

Mmm, ça a l'air bon !
Elle va chercher les poneys un par un,
puis elle prend des notes dans un petit carnet.
Quand vient mon tour, elle me repousse.
– Pas toi, Tidou, je te connais trop bien !

Ils sont encore partis en me laissant tout seul.
Je m'ennuie !

Ploc essaie de me consoler.

– Ne sois pas triste… Tu sais que je suis ton ami !

– Qu'est-ce que j'ai fait de mal ? Je ne mords pas, je ne rue pas et, même, je me tiens tranquille quand Chloé me pose des cornes sur la tête !

– Tu as raison, c'est bizarre…

Vivement que le stage se termine,
je retrouverai peut-être
ma gentille Chloé d'avant !

Pour la fête, Chloé m'a installé au bord de la carrière, attaché à une barrière.
Je peux voir mes copains poneys exécuter un carrousel magnifique.
Ensuite, pendant que Carole fait une démonstration de saut d'obstacles,
Chloé et son ami Yann me déguisent. Ma petite cavalière enfile un long manteau rouge
et un bonnet à pompon.

Pendant que la monitrice sort sous les applaudissements de la foule massée sur les gradins, nous faisons notre entrée. Mes paniers débordent de paquets de toutes les couleurs.

Des murmures parcourent le public...

29

Les poneys se sont rangés devant la tribune et les enfants puisent dans mes paniers pour donner à chacun son cadeau. Ploc, tout heureux, flaire un kilo de carottes. Noisette grignote une corbeille de pain sec, Petite Lune dévore ses pommes coupées en quartiers et Mimosa croque à pleines dents des bonbons à la banane.

Ploc me fait un clin d'œil. C'était donc ça ! L'autre jour, Chloé cherchait à savoir quelle était la friandise préférée de chaque poney !

Mes paniers sont vides et je n'ai rien reçu, mais je lis la joie dans les yeux
de tous mes amis, alors je suis content !
– Chloé a pensé que Noël ne serait pas une vraie fête si les poneys n'avaient pas
de cadeaux, explique Carole au micro.

Nous faisons un tour d'honneur.
Et cette fois, c'est moi qu'on applaudit !

Après m'avoir brossé et câliné, Chloé me tend une assiette remplie de gâteries que je savoure avec lenteur.
– Tu vois, ta petite cavalière ne t'a pas oublié ! me taquine Ploc.

Je me régale !

Et puis…
Je viens de découvrir

Qu'il est doux de faire plaisir

Et malgré ce que j'ai pu dire

Je ne suis pas pressé de grandir !